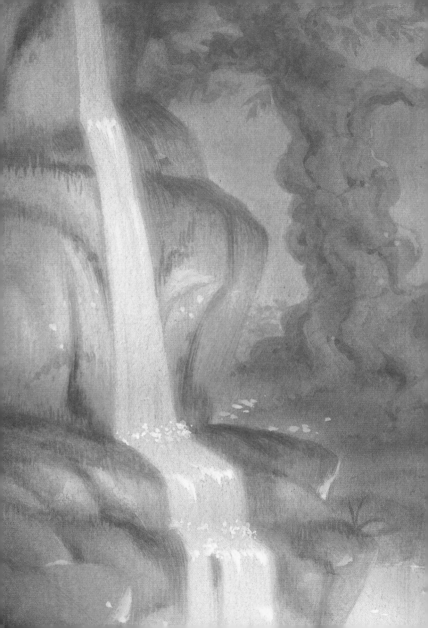

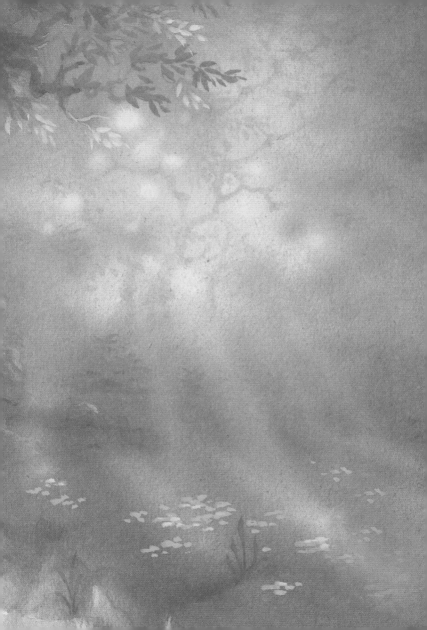

Silvermist et le sortilège de la coccinelle

TEXTE
GAIL HERMAN

ADAPTATION
KARINE BLANCHARD

ILLUSTRATIONS
ADRIENNE BROWN, CHARLES PICKENS
ET DENISE SHIMABUKURO

PRESSES AVENTURE

Presses Aventure, une division de
Les Publications Modus Vivendi inc.
55, rue Jean-Talon Ouest, 2ᵉ étage
Montréal (Québec) H2R 2W8
CANADA

Publié pour la première fois en 2008 par Random House
sous le titre *Silvermist and the Ladybug Curse*

Dépôt légal - Bibliothèque et Archives nationales du Québec, 2011
Dépôt légal - Bibliothèque et Archives Canada, 2011

ISBN : 978-2-89660-272-8

Nous reconnaissons l'aide financière du gouvernement du Canada par
l'entremise du Fonds du livre du Canada pour nos activités d'édition.

Gouvernement du Québec – Programme de crédit d'impôt
pour l'édition de livres – Gestion SODEC

Imprimé en Chine.

Tout sur les fées

Si vous vous dirigez vers la deuxième étoile sur votre droite, puis que vous volez droit devant vous jusqu'au matin, vous arriverez au Pays Imaginaire. C'est une île enchantée où les sirènes s'amusent gaiement et où les enfants ne grandissent jamais : c'est pour cela qu'on l'appelle aussi l'île du Jamais.

Quand vous serez arrivé là-bas, vous entendrez sûrement le délicat tintement de petites clochettes. Suivez donc ce son doux et léger et vous parviendrez alors à Pixie Hollow, qui est le cœur secret du Pays Imaginaire.

Au centre de Pixie Hollow s'élève l'Arbre-aux-Dames, un grand et vénérable érable, où vivent et s'affairent des centaines de fées et d'hommes-hirondelles. Certains d'entre eux excellent en magie aquatique, d'autres volent plus vite que le vent et d'autres encore savent parler aux animaux. Apprenez aussi que Pixie Hollow est le Royaume des Fées et que chacune de celles qui habitent là a un talent unique et extraordinaire.

Non loin de l'Arbre-aux-Dames, nichée dans les branches d'une aubépine, veille Maman Colombe, le plus magique de tous les êtres magiques. Jour et nuit, elle couve son œuf tout en gardant un œil vigilant sur ses chères fées qui, à leur tour, la protègent de tout leur amour.

Aussi longtemps que l'œuf magique de Maman Colombe existera, qu'il sera beau, bleu, lisse et brillant comme au premier jour, aucun des êtres qui peuplent le Pays Imaginaire ne vieillira. Il est pourtant arrivé un jour que cet œuf soit brisé. Mais nous n'allons pas raconter ici le périple de l'œuf. Place maintenant à l'histoire de Silvermist !

1

Les rayons du soleil réfléchissaient sur l'eau fraîche et claire du ruisseau Havendish. Silvermist avança sur l'eau, puis retira de son canot d'écorce le toit fait d'une feuille de chêne.

Elle leva le nez et respira l'air frais : « Mmmmmmmm. »

Silvermist était une fée Aquatique. Elle aimait absolument tout de l'eau : son aspect, sa texture et son chant. Elle aimait tout particulièrement son odeur humide et puissante.

Mais aujourd'hui, à l'odeur du ruisseau se mêlait celle de gâteaux fraîchement sortis du four. Les fées et les hommes-hirondelles de Pixie Hollow se préparaient pour un pique-nique, un pique-nique spécial qui aurait lieu sur une île tout près de la rive. Les fées Aquatiques remplirent leur canot d'écorce de nourriture, de breuvages et de provisions. Les fées Tisseuses-d'herbe se munirent de couvertures. Les fées Cueilleuses apportèrent des baies fraîches, alors que les fées Pâtissières volèrent vers les bateaux, les bras chargés de gâteries.

Silvermist sourit en mettant le pied sur la berge.

— Tout cela sent tellement bon ! dit-elle à Dulcie, une fée Pâtissière. Ce pique-nique sera le plus réussi que nous ayons jamais organisé.

Dulcie acquiesça. Elle tendit un panier à Silvermist.

—Voici quelques gâteaux et du jus de petits fruits.

—Je vais vous aider ! ajouta Fira, une fée Lumineuse, amie de Silvermist, tout en s'emparant du panier à déposer dans le canot.

Silvermist sourit à Fira. Certaines fées trouvaient étrange que ces deux-là soient amies. Elles étaient si différentes. Fira était vive et flamboyante, alors que Silvermist était calme et posée.

Elles avaient des tempéraments contraires, mais s'attiraient tout de même.

Rani, une autre fée Aquatique, s'éloigna dans son canot. Elle commença à ramer vers l'île.

Une à une, toutes les autres fées Aquatiques la suivirent. La course de canots des fées était en route. D'autres fées voletaient au-dessus des canots. Elles suivaient les bateaux se dirigeant vers l'île.

—Dépêche-toi, Silvermist ! dit Fira. Tu vas être en retard !

—Je sais, mais j'ai promis à Iris que j'allais transporter quelque chose pour elle, répliqua Silvermist. Encore quelques minutes.

Iris, une fée Jardinière, voulait apporter des fleurs au pique-nique. Aucune des autres fées ne croyait cette manœuvre nécessaire. Après tout, l'île regorgerait de magnifiques fleurs. Mais Iris s'était montrée insistante.

—D'accord, Silvermist, mais dépêche-toi, dit Fira. C'est le moment parfait pour un pique-nique. Il est presque midi. Le soleil brillera juste au-dessus de nos têtes.

Silvermist observa Fira alors que celle-ci se joignait aux autres. Puis, elle prit une pause et admira la scène qui s'offrait à elle. C'était magnifique. Les canots voguaient en rangs, tandis que d'autres fées les survolaient gracieusement. Silvermist ne souhaitait pas rater le pique-nique. « Mais tant qu'à être en retard, pensa-t-elle, aussi bien relaxer. »

—Silvermist ! Silvermist ! s'écria Iris en accourant, les bras remplis de fleurs sauvages, le bout de son long nez étroit rougi, comme à l'habitude. Je suis là !

Elle déposa les fleurs à l'arrière du canot.

—Ouf ! Ça m'a pris du temps... Mais je savais que tu ne partirais pas sans moi !

Silvermist jeta un œil sur les fleurs.

—De quelle variété s'agit-il ?

—Ce sont des coquelicots-chrysanthèmes. Elles sont extrêmement rares. J'ai ratissé tous les champs de Pixie Hollow pour les trouver.

—Des coquelicots-chrysanthèmes? demanda Silvermist, qui n'avait jamais entendu parler de ces fleurs.

—Regarde, je vais te montrer, dit Iris en ouvrant son grand livre sur les fleurs.

Iris était la seule des fées Jardinières qui ne possédait pas son propre jardin. Elle préférait mettre toutes ses énergies au profit de l'écriture d'un livre sur les plantes. Elle se proclamait experte en ce qui concernait toutes les plantes, toutes les fleurs et toutes les graines présentes dans le Pays Imaginaire.

Silvermist examina les fleurs. Sincèrement, elles ressemblaient davantage à des mauvaises herbes qu'à des fleurs, mais, pour Iris, apporter ces fleurs au pique-nique était très important, alors Silvermist était bien contente de l'aider.

—Je pars! annonça Iris en prenant son envol. Fais attention de ne pas trop heurter le canot, Silvermist. Ces fleurs sont très fragiles!

Silvermist s'éloigna de la rive en ramant. La plupart des autres fées étaient déjà rendues sur l'île. La journée était si belle que, malgré tout, Silvermist décida de prendre son temps et de bien profiter du voyage.

—Tu n'avances pas vite, aujourd'hui, mon cœur, se moqua Vidia, une fée Véloce, en se posant sur la pointe du canot de Silvermist.

Vidia servit à Silvermist son habituel sourire narquois. Il en émanait un mélange de mépris et d'ennui. Vidia agissait toujours comme si elle avait mieux à faire et comme si elle avait quelqu'un de plus intéressant à qui parler.

—Vas-tu au pique-nique? demanda Silvermist, bien qu'elle connût déjà la réponse.

Vidia n'aimait pas beaucoup les rassemblements.

—Moi? persifla Vidia. Mon Dieu, non! Je passais par là quand j'ai aperçu toutes ces fées qui pique-niquaient sur l'île. Toi, par contre, ma chérie, tu sembles avoir... hum... manqué le bateau. Je pensais que les fées Aquatiques étaient douées pour ramer. Tu te sens bien ? ajouta Vida, la voix remplie d'une inquiétude qui sonnait faux.

—Je vais bien, Vidia, répliqua Silvermist.

L'île n'était plus très loin. Fira lui faisait signe de la côte.

—Bien ? répéta Vidia. Il n'y a rien de bien à avancer à la vitesse d'un escargot. Je n'ai jamais vu une fée Aquatique ramer si lentement.

Silvermist se contenta de soulever les épaules, indifférente. Elle continua d'avancer à la même vitesse.

Vidia fronça les sourcils. Elle arrivait habituellement à provoquer les fées. Mais ses mots n'avaient aucune emprise sur Silvermist.

—Quoi qu'il en soit...

—Comment se portent mes fleurs? cria Iris depuis la berge.

—Des fleurs? Ces mauvaises herbes, des fleurs? s'enquit Vidia en se penchant pour voir le bouquet désordonné de plus près.

Le canot bascula.

—Oh! cria Vidia.

Son pied glissa et elle tomba à la renverse. Ses ailes plongèrent dans le ruisseau et absorbèrent l'eau comme des éponges. Malgré tous ses efforts, Vidia n'arriva pas à retrouver son équilibre.

Elle tomba à l'eau!

—À l'aide! À l'aide! hurla Iris. Mes fleurs sont ruinées et Vidia est en train de se noyer!

2

Vidia se débattait dans le ruisseau. L'eau continuait de saturer ses ailes, l'entraînant vers le fond.

— Tiens bon, Vidia! Je vais t'attraper! cria Silvermist.

Elle s'agenouilla et tendit les mains.

Vidia, alarmée, agita les bras.

— Calme-toi! lui ordonna Silvermist. Je ne peux pas t'agripper.

—À l'aide ! À l'aide ! s'époumona Iris sur la rive.

Une nuée de fées vola à la rescousse et sortit rapidement Vidia de l'eau.

—Regardez ! dit Rani en avançant dans l'eau. Ce n'est pas du tout profond ! L'eau monte à peine jusqu'à ma taille !

Assise sur le sable, Vidia dévisagea furieusement Rani. Elle vira écarlate.

—Bien fait pour toi, Vidia, dit Prilla en rigolant. Tu n'avais qu'à te lever !

Le canot de Silvermist rencontra la berge. Elle en descendit.

—Taisez-vous toutes ! dit Silvermist en se précipitant auprès de Vidia. Tout va bien ? demanda-t-elle.

Le souci sincère de Silvermist sembla déranger Vidia davantage que les railleries.

—Tout va b-b-bien, dit Vidia.

Ses dents claquaient. Elle frissonnait à cause de sa chute dans l'eau froide.

—Je me tenais parfaitement bien en équilibre. Puis, voilà que tu te tortilles et que tu fais basculer le bateau.

—Comment peux-tu t'en prendre à Silvermist ? s'indigna Clochette.

Vidia leva les sourcils.

—Ah, vraiment ! Je ne s-s-suis pas née de la dernière pluie. Vous ne pensez tout de même pas que je suis seulement tombée, n-n-non ?

—Un accident est si vite arrivé, répliqua Silvermist.

—Pas à moi, rétorqua sèchement Vidia.

Elle fixa rageusement les autres fées.

—Retournez donc à votre p-p-petit pique-nique!

Fira souleva les épaules et s'éloigna avec les autres fées. Seule Silvermist resta près de Vidia.

—Voudrais-tu une couverture? demanda-t-elle. Ou quelque chose à grignoter?

Vidia secoua ses ailes détrempées, puis elle se leva et se tint debout, du haut de ses douze centimètres.

—Silvermist, mon cœur, si je pouvais, je m-m-m'envolerais immédiatement, mais comme je suis coincée ici, à ce s-s-stupide pique-nique, jusqu'à ce que mes ailes soient sèches, je me débrouillerai très bien toute seule.

Vidia rejeta d'un mouvement sa longue queue de cheval toute mouillée et tourna les talons.

Silvermist prit place avec Fira et Clochette. Elle engloutit des petits fruits et de minuscules sandwiches au cresson. De temps à autre, elle jetait un coup d'œil à Vidia.

Elle était très mal à l'aise de ce qui s'était produit. Aucune fée n'aimait avoir les ailes gorgées d'eau. Elle savait que Vidia détestait qu'on se moque d'elle. Elle savait aussi que Vidia ne voulait pas être prise en pitié.

À peine avait-elle fini son repas que les fées Ménagères s'emparaient de son assiette.

—Il nous reste plusieurs heures avant le coucher du soleil. Que devrions-nous faire? s'enquit Fira, repue.

Beck, une fée Soigneuse, se leva d'un bond.

—Je sais! Jouons à points et pois! dit-elle.

Silvermist sourit. Il y avait longtemps qu'elle avait joué à ce jeu.

Beck plaça ses mains près de sa bouche en porte-voix. Elle fit ensuite un puissant claquement avec sa langue.

En un éclair, des douzaines de coccinelles volèrent à ses côtés. Elle leur chuchota quelque chose. Elle voulait s'assurer que les bestioles voulaient jouer.

—Tout le monde se souvient des règlements? demanda-t-elle aux fées. On laisse aux coccinelles dix secondes pour se cacher. Vous devez ensuite trouver le plus de coccinelles possible, puis compter les pois sur leur dos. La fée qui a le plus de points l'emporte !

Elle donna à chacun une feuille de lys et un stylo à l'encre de mûre pour noter les points.

— Vous êtes prêts ?

— Prêts ! cria toute la bande, sauf Vidia.

— À vos marques... comptez !

Silvermist se mit à compter lentement, en chœur avec les autres.

Un Pixie Hollow, deux Pixie Hollow, trois...

Pendant que tous comptaient, les coccinelles s'envolèrent pour trouver leur cachette.

Les fées et les hommes-hirondelles atteignirent dix et s'élancèrent aussitôt. Ils voletèrent ici et là, tentant de débusquer le plus de coccinelles possible.

Silvermist traînait un peu derrière les autres. Elle n'était pas pressée. Elle fouilla chaque cachette, scruta tous les coins et recoins. Elle regarda derrière chaque feuille et sous chaque pierre.

Elle trouva une coccinelle cachée entre les racines d'un noyer et une autre dissimulée dans les tiges serrées d'un mûrier. Elle en trouva une troisième tapie dans un nid d'oiseau.

Silvermist s'installa à l'ombre d'une feuille pour additionner ses points. « Une minute ! » pensa-t-elle. Elle entrevit une silhouette à travers le feuillage. Celle-ci avait la forme d'une coccinelle !

C'était sa chance ! Cette bestiole lui permettrait de cumuler plus de points que toutes les autres fées ! Elle sortit de son repaire ombragé pour mieux voir l'insecte.

C'était bien une coccinelle. Mais c'était là la coccinelle la plus étrange que Silvermist ait jamais vue. La bestiole était d'un blanc laiteux, du bout des antennes à la pointe des pattes.

Les pois sur sa carapace étaient bien difficiles à discerner. Ils étaient blancs aussi, mais un ton plus foncé que le reste de son corps, et il devait bien y en avoir au moins une douzaine!

Cette coccinelle était marquée de plus de pois que Silvermist n'en ait jamais compté sur une seule bête! Elle remporterait sûrement la partie!

Silvermist baissa les yeux sur son carnet pour additionner ses points. En même temps, la coccinelle blanche sauta sur sa tête.

— Hé! cria-t-elle aux autres fées. Est-ce que je gagne plus de points si c'est la coccinelle qui me trouve, et non l'inverse?

Beck et Fawn s'approchèrent rapidement.

—Une coccinelle blanche! s'étonna Beck en regardant l'insecte. Je n'en avais jamais vu!

—C'est très rare, acquiesça Fawn.

Pendant ce temps, d'autres fées s'étaient rassemblées autour de Silvermist. La coccinelle était bien installée, parfaitement immobile, sur la tête de la fée Aquatique.

—Vous savez, ajouta une fée Jardinière du nom de Rosetta, il existe une vieille superstition concernant les coccinelles blanches. Elles amèneraient supposément...

—La malchance! s'exclama Iris, s'arrêtant net devant Silvermist.

Quelques fées rigolèrent. Personne ne prenait Iris très au sérieux. Mais les fées étaient des créatures superstitieuses. Elles croyaient aux vœux, aux sorts et à la chance, la bonne comme la mauvaise.

— La coccinelle blanche ! cria Iris, d'une voix de plus en plus perçante. C'est une malédiction !

3

Un silence total tomba sur l'aire de pique-nique. Tout autour de Silvermist, les fées cessèrent de jouer. Elles cessèrent de parler. Elles cessèrent même de bouger.

Silvermist secoua la tête. Elle espérait que la coccinelle s'en aille. Mais elle ne broncha pas. Pire encore, elle ne fit que s'installer plus confortablement.

—Ça ne va pas du tout, se plaignit Iris. Une coccinelle blanche malchanceuse. Fais-la partir !

Un murmure parcourut le groupe. Certaines fées soufflèrent de stupeur.

—Arrête, Iris! coupa Fira. Tu fais peur à tout le monde.

—Je n'ai pas peur, moi, dit Silvermist. Mais je n'ai pas tellement envie de traîner une coccinelle sur ma tête.

—Attends, nous allons t'aider, l'assura Beck, en s'approchant avec Fawn.

Délicatement, les deux fées soulevèrent la bestiole et allèrent la déposer sur un arbre.

Pendant un instant, la coccinelle ne bougea pas. Puis, elle s'envola et disparut dans le feuillage.

—Eh bien, dit Silvermist en regardant les fées autour d'elle. C'était bien étrange, tout ça.

Iris recula. Son regard avait quelque chose d'affolant.

—C'est bien plus qu'étrange, Silvermist. C'est mal, c'est de la malchance. Une coccinelle blanche est porteuse de malchance. Si elle se pose sur ta tête en plus, c'est la pire des malchances.

Peu à peu, les fées se tournèrent l'une vers l'autre. Leur voix était douce, mais grave.

—Silvermist a été touchée par une coccinelle blanche !

—C'est de la malchance !

—Elle a reçu un sort !

Silvermist n'en croyait pas ses oreilles. Tout le monde avait peur d'une petite coccinelle inoffensive ? Et pourquoi ? À cause d'un mythe idiot ?

Silvermist haussa les épaules, indifférente.

—Je ne crois pas vraiment ces vieilles superstitions, dit-elle.

Elle sourit à Fira et à ses autres amies. Elle s'attendait à les voir acquiescer. Elle croyait bien les entendre dire : « Oui, nous sommes bien d'accord avec toi. » Mais personne ne dit un mot. Sur l'île, le silence était complet. Pas un pépiement d'oiseau, pas un bourdonnement d'abeille. Rien.

Tout le monde dévisageait Silvermist. Chacun avait un regard effrayé. C'est Fira qui brisa le silence :

—Je ne sais pas, Silvermist...

Iris éclata, son nez encore plus rouge qu'à l'habitude :

—Comment, tu ne sais pas ? cria-t-elle. Tout le monde l'a vue ! Elle était là, sur la tête de Silvermist !

—Restons calmes, dit Rani, d'une voix somme toute nerveuse. Ne sautons pas aux pires conclusions.

—Je ne tire aucune conclusion. Et je suis calme, dit Silvermist d'une voix posée. La malchance n'existe pas.

Humidia essuya une larme.

—En es-tu certaine ? demanda-t-elle, la voix chevrotante.

—Oui, j'en suis sûre. Ce sort ne veut rien dire.

39

C'est un vieille superstition de fées, un peu comme... Tiens, Terence, ce n'est pas toi qui as marché sous une échelle dans l'atelier de Clochette, l'autre jour ? Tu ne t'en portes pas plus mal ?

—C'est vrai ! répondit l'homme-hirondelle Empoudreur, un peu trop vivement. Rien de cassé ! Tout va bien !

—Bon ! dit Silvermist en souriant à ses amis. Je ne vais pas m'en faire avec cette folle superstition. Et vous ne devriez pas non plus.

—Ce sort est bien réel, insista Iris. À l'époque où j'avais mon propre jardin...

Tout le monde soupira. Iris rabattait toujours les oreilles de chacun à propos du bon vieux temps, cette époque où elle possédait le plus beau jardin de tout Pixie Hollow. Tous en avaient assez de l'entendre. Ils lui tournèrent le dos.

—Nous devrions rentrer à l'Arbre-aux-Dames, suggéra Terence. Tu pourrais te reposer, Silvermist.

—Oui, approuva Rani. Tu dois te sentir... bien étrange.

« C'est vous qui vous comportez de façon étrange, » pensa Silvermist. Elle se sentait très bien. Et elle avait eu tellement de plaisir. Elle ne voulait pas que ça se termine.

—Sérieusement, je me sens bien, dit-elle aux autres.

—Tu veux savoir ce que je pense ? rétorqua Fira en s'avançant vers elle.

Silvermist sursauta. Fira avait l'air bien grave. Croyait-elle à cette malédiction, elle aussi ?

—Nous devrions jouer à la tague des fées, conclut-elle.

Silvermist sourit. Elle aurait dû savoir qu'elle pouvait compter sur son amie.

—Alors, tu veux jouer? demanda Clochette.

—Évidemment, répondit Silvermist.

—Alors... À toi! dit Fira en tapant gentiment Silvermist sur la tête.

—Les fées Aquatiques ont été choisies! déclara Rani.

Pendant un moment, personne ne bougea. Pas même Silvermist. Puis, elle fit frémir une de ses ailes.

Les fées se dispersèrent dans toutes les directions.

Les fées Aquatiques s'élancèrent, tentant d'attraper les autres fées.

Silvermist hésita au-dessus de la plage. « Voyons voir, pensa-t-elle, quelle fée devrais-je attraper? »

Elle aperçu Beck qui était tout près. Beck voletait autour d'une ruche et ne regardait pas derrière elle.

«Voilà une cible facile,» se dit Silvermist. Toutes les histoires de coccinelle blanche et de malédiction étaient maintenant bien loin de ses préoccupations.

Elle arrivait à la hauteur de la ruche quand Beck se retourna.

Beck éclata de rire. Elle était piégée. Des branches d'arbre compromettaient chacune des issues possibles. Elle se précipita dans le trou d'un nœud.

—Tu ne t'en sortiras pas comme ça, Beck! lui lança Silvermist, amusée.

Elle se lança à la poursuite de son amie.

—You-hou, Silvermist! cria Fawn. Je suis là!

—Fawn? dit Silvermist en tournant la tête. Cet instant d'inattention lui fit manquer le nœud et elle s'écrasa contre le tronc de l'arbre.

—Ouch! dit Silvermist en se laissant glisser jusqu'au sol.

—Vite! Vite! hurla Fawn. Nous avons besoin des fées Soigneuses. Tout de suite!

Silvermist se frotta le front. Une bosse de la taille d'un pois s'y formait déjà.

—Tu veux un pansement de feuille? Une compresse d'eau glacée? demanda Clara, la première fée Soigneuse arrivée sur les lieux.

Silvermist tenta de secouer la tête.

—Ouch! répéta-t-elle. D'accord, peut-être une compresse.

Clara lui tendit une pochette de pétale rose remplie d'eau. Silvermist tint la compresse dans sa main pour lui permettre de geler. Puis, Clara déposa la compresse glacée sur la blessure.

—Ça va? demanda Fira qui venait de se poser aux côtés de Silvermist. Qu'est-ce qui t'est arrivé?

—Tout va bien. J'ai simplement raté le trou du nœud et je me suis frappé la tête sur l'arbre.

Fira souleva la compresse pour voir la prune.

—Tu ne me sembles pas bien du tout. Tu... tu crois que ça peut être dû à la malédiction? ajouta-t-elle à voix basse.

—Non, Fira, je ne crois pas, rétorqua Silvermist d'une voix neutre. C'était juste un accident. Un accident bête comme il en arrive tous les jours. Comme je le disais à Vidia plus tôt, un accident est si vite arrivé. Ça aurait pu arriver à n'importe quelle fée.

—N'importe quelle fée? s'indigna Vidia, qui venait d'arriver.

Ses ailes s'étaient finalement asséchées. Elle survola tout le monde en jetant à Silvermist un regard triomphant. Son visage ne portait plus une trace de la rougeur que l'embarras lui avait conférée. Elle releva la tête, fière comme à l'habitude.

—N'importe quelle fée foncerait droit sur le tronc d'un arbre? Je ne pense pas, non. Non, ma chérie, une fée doit être bien malchanceuse pour arriver à faire ça, gloussa Vidia, d'un ton empreint d'un souci pas sincère du tout.

4

Malchanceuse? Malgré ce que Vidia lui avait dit, Silvermist ne se sentait pas du tout malchanceuse. N'importe quelle fée aurait pu avoir un petit accident en plein vol. N'importe quelle fée aurait pu avoir un moment d'inattention et foncer dans quelque chose, même un gros arbre.

« Ne t'en fais pas avec ça, se dit-elle. Tu n'as pas été victime d'un mauvais sort. »

Malgré cela, elle savait que les autres fées parlaient dans son dos, qu'elles étaient certaines qu'il s'agissait bien de malchance. Les autres fées croyaient qu'elle avait été la cible d'une malédiction.

« Mais je n'y crois pas, pensa Silvermist. Je n'y ai jamais cru et je n'y croirai jamais. »

Le pique-nique n'était pas terminé, mais Silvermist n'avait pas envie d'y retourner. Elle décida plutôt de se rendre au bord de la mer pour observer les vagues. Elle préférait être seule. Elle n'avait plus envie d'entendre les commérages des fées.

Les heures passèrent. La marée s'étant retirée, elle avait laissé derrière elle de petites mares d'eau dispersées le long de la côte. Silvermist vola d'une bâche à l'autre, à l'affût de bernard-l'ermite et de petits poissons.

Tout à coup, quelque chose attira son attention. Sur la plage gisait un objet scintillant. Était-ce une pierre chatoyante? Un morceau de verre marin? Elle s'approcha de l'objet. C'était un coquillage! Le plus petit, le plus beau, le plus remarquable coquillage qu'elle ait jamais vu.

Silvermist le ramassa. Sa surface intérieure était d'une belle couleur orangée, striée de lignes ondulantes qui s'évasaient comme des rayons de soleil. Silvermist comprit tout de suite qu'il était spécial. Elle se sentait mieux juste à le tenir dans sa main.

Que les fées et les hommes-hirondelles bavassent de malédictions et de malchance. Elle n'en avait rien à faire.

Elle glissa le coquillage dans un pli de sa robe et s'envola vers l'Arbre-aux-Dames.

Arrivée à destination, elle se dirigea vers la salle à manger. Il n'y avait personne. Juste à côté, dans la cuisine, les fées Pâtissières et les fées Cuisinières s'était attelées à la tâche pour préparer le repas du soir.

Il était trop tôt pour le souper. Mais Silvermist pourrait peut-être donner un coup de main à la cuisine. Peut-être les fées Cuisinières avaient-elles besoin d'elle pour faire bouillir de l'eau.

Elle jeta un œil entre les portes battantes. Des fées s'affairaient à mélanger, battre, saupoudrer et concocter de petits plats. Deux hommes-hirondelles travaillaient près de l'évier, occupés à laver une grosse carotte.

—Dulcie! interpella Silvermist. Est-ce que je peux faire quelque chose?

Dulcie était installée à la grande table au centre de la cuisine, pétrissant de la pâte.

—Je ne sais pas trop, répondit-elle, mal à l'aise. Tu te sens bien ? La bosse sur ton front est-elle bien guérie ?

—Tout est parfait, déclara Silvermist.

—Tant mieux. Mais il n'y a vraiment rien que tu puisses faire ici, Silvermist.

Dulcie pointa le poêle du menton. Trois casseroles d'eau y bouillaient déjà.

—Tu n'as même pas besoin d'entrer, je t'assure, conclut Dulcie.

« Elle est inquiète de me voir ici, se rendit compte Silvermist. Elle a peur que je lui apporte de la malchance ou que j'aie un autre accident. Je dois lui montrer que rien n'a changé, que je suis toujours la fée Aquatique qu'elle connaît. »

—Et ces pichets ? demanda-t-elle.

Des rangées de pichets d'eau étaient alignées sur une longue table à l'autre bout de la pièce, loin de l'évier.

—Je pourrais les remplir pour toi.

—Je ne pense pas que..., commença Dulcie.

Mais Silvermist se tenait déjà près de la pompe à eau. Elle attrapa l'eau à mesure qu'elle coulait. Puis, avec un mouvement délicat, elle l'envoya à l'autre bout de la cuisine dans le premier pichet, tout en passant au-dessus de la tête de Dulcie.

Elle n'en échappa pas une goutte.

—Tu vois, claironna Silvermist, visiblement fière de son coup. Je peux faire ça en un tournemain, pendant que les hommes-hirondelles lavent la carotte.

De l'autre côté de la porte, les fées se diri-
geaient vers la salle à manger pour le repas.

—Eh bien, ça nous ferait gagner du temps, c'est
certain, admit Dulcie.

Au même moment, Vidia entra dans la cuisine.

—Je passais dans le coin. Vous savez, habituellement, je préfère manger seule, mais je t'ai vue là,
Silvermist, et je voulais voir comment tu allais.

—Ah? dit Silvermist en se concentrant sur le deuxième pichet.

—Oui, répondit Vidia en s'installant confortablement dans une chaise à côté de Dulcie. Tu étais là au pique-nique, non, Dulcie, ma chérie? Tu dois bien être au courant pour la pauvre Silvermist et la coccinelle?

Dulcie hocha la tête.

—Je voulais simplement m'assurer qu'elle n'avait pas eu d'autres... dit Vidia, faisant une pause pour s'assurer que Silvermist l'écoutait bien. D'autres malencontreux accidents.

—Aucun, répliqua Silvermist en envoyant un jet d'eau dans un autre pichet d'une main experte. Pas un seul.

Vidia lui offrit un sourire forcé, lèvres serrées.

—Tant mieux, siffla-t-elle, semblant exprimer tout le contraire. Mais bien peu de temps s'est écoulé depuis. Tout peut arriver. Tu ne peux ignorer la magie que contiennent ces histoires. Il n'y a pas si longtemps, j'ai entendu parler d'un éleveur de papillons. Il avait oublié de croiser ses ailes avant de passer devant l'arbre squelettique...

Dulcie avait interrompu son travail. Elle était tournée vers Vidia, buvant ses paroles. Les autres fées et hommes-hirondelles s'étaient approchés, s'efforçant d'entendre le récit.

—... et l'instant d'après, tout son essaim de papillons s'était envolé. Il ne les a jamais retrouvés ! continua Vidia.

Silvermist ne voulait pas l'entendre. Elle se contentait de remplir ses pichets.

— On parle aussi de cet homme-hirondelle qui avait brisé du verre marin, poursuivit Vidia. Il a hérité de sept cents ans de malchance. Enfin, c'est ce qu'on dit. Mais personne ne l'a revu depuis la cinq cent trente-neuvième année.

Elle jeta un regard à Silvermist.

— Puis, il y a cette fée Jardinière qui avait ouvert un parapluie de pétales à l'intérieur de l'Arbre-aux-Dames. Eh bien, pas longtemps après, elle avait planté une graine de carotte ou, du moins, c'est ce qu'elle croyait. Elle avait en fait planté une graine de droséra carnivore. Quand la pousse a émergé du sol, la fée a presque été dévorée !

Silvermist travaillait, la main ferme et assurée. Elle restait calme, bien que les histoires de Vidia devenaient de plus en plus extravagantes. Mais, intérieurement, elle avait hâte d'en finir.

Tous ces récits de malchance et de malédictions ! Elle n'en pouvait plus.

—J'ai terminé, annonça Silvermist.

Elle traversa la cuisine pour vérifier le niveau d'eau dans les pichets.

—Tout me semble parfait, dit-elle. Tu es d'accord, Dulcie ?

—Impeccable ! déclara Dulcie.

—Tu vois ? Pas un accident, ne put s'empêcher de dire Silvermist à Vidia. Je pense que je vais aller dans la salle à manger, maintenant.

Silvermist se retourna. Une de ses ailes effleura un pichet. Celui-ci tomba sur un autre pichet. Puis ce pichet vacilla et fit tomber un troisième pichet qui, lui, tomba sur un quatrième qui, finalement, fit tomber le cinquième.

Silvermist tenta de les rattraper, mais elle n'était pas assez rapide. Les pichets tombèrent, les uns après les autres. Vidia, qui était pourtant une fée Véloce, ne leva pas le petit doigt pour lui venir en aide.

Silvermist balaya la cuisine du regard. Il y avait de l'eau partout. Il y en avait sur les beignets au miel et dans la soupe aux noisettes. Il y en avait dans les tasses, sur les assiettes et partout sur le plancher. Des fées volaient dans la pièce, équipées de vadrouilles et de serviettes de mousse.

— Hum, dit Vidia. On dirait bien que le repas sera servi en retard, ce soir. Qu'en penses-tu, Silvermist?

5

Dans la salle à manger, les fées et les hommes-hirondelles prenaient place. Tous avaient les yeux rivés sur les portes battantes donnant sur la cuisine. Ils attendaient le repas.

Dulcie se faufila entre les portes de la cuisine.

Le dîner sera servi plus tard, annonça-t-elle.

À la table des fées Aquatiques, Silvermist baissa les yeux. Elle savait que le repas serait servi en retard par sa faute.

« Dulcie et les autres fées feront opérer leur magie en cuisine, pensa-t-elle. En moins de deux, tout le monde de délectera d'un bon repas. » Elle n'avait donc aucune raison de s'en faire.

Quelques instants plus tard, les fées Serveuses apportèrent les bols fumants de potage de courge et de ragoût de tournesol. Tout était délicieux. Silvermist avait raison. L'accident ne devait plus la préoccuper. Plus vraiment.

À ce moment précis, Vidia rejoignit la table des fées Véloces. On la voyait si rarement dans la salle à manger qu'elle n'avait nulle part où s'asseoir.

— Non, non, restez assis, dit-elle, bien que personne ne lui ait offert une chaise. Je ne resterai pas, mes chéris. Je voulais simplement m'assurer que ces commères de fées Serveuses ne propageaient pas de fausses rumeurs.

Les fées Serveuses s'arrêtèrent net dans leur course et lancèrent un regard furieux à Vidia. Aucune d'entre elles n'avait prononcé un seul mot. Elles travaillaient si fort pour servir le repas qu'elles n'avaient pas le temps de parler.

Maintenant, tous les yeux étaient rivés sur Vidia.

Vidia jeta un œil en direction de Silvermist, appuyant bien son regard pour que tout le monde le remarque.

— Je ne voudrais surtout pas qu'une fée soit la cible de ragots, poursuivit-elle. Mais...

Elle donna volontairement beaucoup d'ampleur à ses paroles.

Iris se leva d'un bond.

— Quelque chose est arrivé à Silvermist ! Je le savais ! Que s'est-il passé, Vidia ? Un autre accident ?

Toutes les fées et tous les hommes-hirondelles pivotèrent sur leur siège pour dévisager Silvermist.

—Je vais répondre à ta question, dit Silvermist d'une voix assurée. J'ai renversé un peu d'eau, Iris. C'était juste un petit dégât.

—Es-tu certaine que tu appellerais ça comme ça, mon cœur? dit Vidia.

Une voix se fit entendre de la cuisine.

—Les fées Ménagères! Nous avons besoin d'aide dans le garde-manger! La farine est détrempée! Les épices sont mouillées! Les fruits sont gâtés! C'est un désastre!

Silvermist se tourna calmement vers Vidia. Elle était bien triste d'avoir causé ce gâchis. Cependant, tout le concept de la malédiction était tellement ridicule. Pourquoi ne pas en rire?

—Oui, je pourrais appeler ça un petit dégât, répondit-elle à Vidia en riant. Je pourrais peut-être aussi qualifier la montagne Tordue de minuscule monticule.

À l'autre bout de la pièce, Fira rigola.

—Et peut-être que le soleil n'est qu'une lanterne-luciole, dit-elle.

—Et l'Arbre-aux-Dames n'est qu'un petit arbris-seau, ajouta Rosetta.

Chacun se joignit au jeu et ajouta son grain de sel. Tous semblaient avoir oublié l'accident.

Mais Silvermist ne pouvait s'empêcher d'y penser. L'image des pichets tombant les uns après les autres lui revint en tête.

Par chance, elle avait réussi à faire de son dégât une bonne blague. Mais qu'en était-il de son incident de vol ? Y avait-il un peu de vrai dans ce que Vidia racontait ? Est-ce que les vieux contes de fées recelaient d'une puissante magie ?

Elle regarda Vidia, qui se tenait toujours près de la table des Véloces. On aurait dit qu'elle savait ce que Silvermist avait en tête. Vidia lui offrit un sourire cruel. Rejetant sa queue de cheval par-dessus son épaule, Vidia s'envola hors de la salle à manger.

Le dessert était maintenant servi. Le repas tirait à sa fin. Silvermist tendit la main pour prendre le sucre.

Oups !

Elle renversa la poivrière, dont le couvercle tomba. Le poivre se répandit partout sur la table. Silvermist espérait que personne ne remarque. Pas de chance...

—Oh ! se plaignit Iris. Le poivre a été renversé ? Ça aussi, ça porte malchance !

—Vite ! dit Fira. Lances-en une pincée par-dessus ton épaule gauche !

Silvermist saisit une poignée de poivre. Sans réfléchir, elle la jeta par-dessus son épaule... directement au visage d'un Serveur qui transportait un plat de pouding à l'amande.

—Attention ! cria Rosetta.

Mais il était trop tard.

Le Serveur éternua. Le plateau se renversa. Le pouding vola dans toutes les directions.

« Encore un beau gâchis, » pensa Silvermist, maussade.

Toutes les fées et tous les hommes-hirondelles semblaient avoir perdu l'appétit. Un à un, ils quittèrent la salle à manger sans un mot.

Fira s'arrêta pour faire un câlin à Silvermist.

— Je vais rester ici encore un peu, dit Silvermist à son amie.

Fira comprit et poursuivit son chemin.

Seule et confuse, Silvermist soupira. L'accident de vol et le dégât d'eau n'étaient plus si faciles à expliquer après l'incident du poivre.

« Je suis peut-être vraiment malchanceuse, pensa-t-elle. Peut-être que cette malédiction est bien réelle. »

6

Après une bonne nuit de sommeil, Silvermist se sentait mieux. Toutes ces histoires de malchance lui semblaient bien ridicules en ce beau matin.

Elle ouvrit grande sa fenêtre pour laisser entrer l'air frais.

— Crrri! Crrri!

Un criquet sauta sur une branche près de sa fenêtre ouverte. Il frotta ensemble ses deux pattes arrière pour produire sa musique si caractéristique.

Le son était magnifique, apaisant. Silvermist sourit. « Le criquet chante juste pour moi », pensa-t-elle.

Silvermist s'assit près de la fenêtre. Pendant un long moment, elle resta là à écouter le criquet chanter.

Si elle était si malchanceuse, aurait-elle le privilège de vivre ça ? Ce criquet lui offrirait-il ce concert privé ?

Dans un dernier bruissement, le criquet s'en alla.

Tout en chantonnant la mélodie qu'elle venait d'entendre, Silvermist se dirigea vers la cour. On aurait dit que toutes les fées et tous les hommes-hirondelles de Pixie Hollow revenaient de quelque part.

—N'était-ce pas merveilleux? demanda Fawn en s'approchant de Silvermist. Malgré toute ma bonne volonté, je ne saurais jamais organiser un tel concert.

« Fawn fait-elle référence au criquet près de ma fenêtre? se demanda Silvermist. Mais comment pourrait-elle savoir qu'il était là?»

—Tous ces oiseaux chanteurs, poursuivit Fawn. Il devait y en avoir une vingtaine, peut-être même une trentaine! Ils chantaient si bien. Je n'avais jamais rien entendu de tel. Mais pourquoi se sont-ils posés dans le Cercle des Fées pour chanter? On ne le saura jamais.

Beck se joint à elles:

—Je pense qu'on ne reverra pas ça de sitôt. Pas avant des années, c'est certain. Si ça se reproduit!

Silvermist commençait à comprendre. Il y avait eu un concert d'oiseaux chanteurs. Une performance merveilleuse, inattendue, une performance comme personne n'en avait jamais entendue. Et elle l'avait manquée.

Du coup, le concert privé auquel avait assisté Silvermist ne lui semblait plus spécial du tout. Elle ne se sentait plus du tout chanceuse.

— Oh, Silvermist! dit Fira en accourant. Tu n'y étais pas!

— Je sais.

Si seulement elle s'était réveillée plus tôt, elle aurait pu assister au concert. Pourquoi tout allait de travers pour elle?

Au même moment, elle se rappela que quelque chose de bien lui était arrivé.

—Attends une seconde! dit-elle à Fira. J'ai quelque chose à te montrer!

Il s'agissait de son coquillage unique, celui qu'elle avait trouvé sur la plage. Juste à y penser, Silvermist se sentait mieux. Elle farfouilla dans le pli de sa robe.

Mais elle n'y trouva rien.

—Oh! dit-elle, paniquée. Où est-il?

Elle fouilla chaque centimètre de tissu.

Un de ses doigts ressortit du fond d'un pli.

Il y avait un trou dans sa robe. Silvermist se rendit compte que le coquillage était tombé. Elle pouvait continuer à chercher, mais elle chercherait pour rien. Elle l'avait perdu.

Elle n'était plus le genre de fée qui pouvait retrouver des objets perdus. Plus maintenant. Elle était dorénavant le genre de fée qui se cognait aux arbres. Une fée qui renversait des pichets d'eau, qui gâchait les desserts et ratait les concerts.

Silvermist était malchanceuse. Elle avait reçu un sort. Elle ne pouvait plus en douter.

La rumeur se répandit rapidement dans l'Arbre-aux-Dames. Silvermist avait manqué le meilleur concert de toute l'histoire de Pixie Hollow, seulement parce qu'elle était en retard !

—Je vous l'avais dit! Je vous l'avais dit! C'est une malédiction! dit Iris à qui voulait l'entendre.

Iris continuait de se lamenter et tout le monde semblait inquiet. C'était bien difficile pour Silvermist de rester calme. Son scintillement prit une teinte orangée tant elle était gênée.

Rani se racla la gorge :

—Hum-hum ! J'ai une annonce à faire, dit-elle, en réfléchissant rapidement à son intervention.

Les fées détournèrent leur regard vers Rani. L'embarras de Silvermist s'évanouit. Elle sourit à Rani, reconnaissante.

—Dans deux jours aura lieu un tournoi de balle aquatique, annonça Rani. Vous êtes tous les bienvenus à assister à la partie. Les fées Aquatiques pourront nous montrer leur talent.

Un tournoi de balle aquatique! Silvermist aimait beaucoup les compétitions. Elle adorait se mesurer à ses amis et lancer des balles d'eau sur les cibles. Mais elle ne pouvait pas y participer maintenant. Connaissant sa chance, le tournoi sera un réel désastre.

—J'y serai! déclara Humidia.

—Moi aussi! dit une autre Aquatique.

—Je crois bien que Silvermist va passer son tour, dit Vidia, à cause de son évidente malchance.

«Pardon?» pensa Silvermist. Vidia n'allait tout de même pas parler à sa place! Bien sûr, elle pensait exactement la même chose. Mais que Vidia décide à sa place, ça, c'était inacceptable!

—Vidia se trompe, dit Silvermist. Je serai là, ajouta-t-elle en souriant à Rani.

Les fées Aquatiques l'acclamèrent. Silvermist sut qu'elle avait bien fait.

Seulement, un problème demeurait. Comme Vidia l'avait si bien dit, tout pouvait arriver.

7

—Oh, mais pourquoi ai-je dit que j'allais participer? demanda Silvermist à Fira.

Elle ne se sentait pas bien; elle ressentait un mélange de nervosité et de malaise. Elle était même un peu paniquée. Pour Silvermist, ce sentiment était bien étrange.

—Pourquoi ai-je dit que je ferais partie du tournoi? se plaignit-elle. Je sais, je sens que tout ira de travers.

Silvermist et Fira quittèrent la cour.

—On va trouver une solution, promit Fira, alors qu'elles volaient à travers l'Arbre-aux-Dames. Hé ! Attends !

Fira s'arrêta net devant la bibliothèque de l'Arbre-aux-Dames :

—Allons voir. Il y a plein de livres sur les superstitions dans la bibliothèque. On y trouvera peut-être de bonnes idées.

« Eh bien, se dit Silvermist, c'est sans doute mieux que rien. »

D'accord, dit-elle.

Fira entraîna Silvermist à l'intérieur, dans un coin reculé. Sur une petite enseigne, on pouvait lire : « CHANCE : BONNE OU MAUVAISE. »

Toute la section, chacune des tablettes qui la composaient contenaient des livres concernant les superstitions.

—Je n'avais aucune idée qu'on pouvait trouver tout ça ici, dit Silvermist.

—Évidemment, répondit Fira. Tu n'as jamais pensé venir voir.

Fira emmena Silvermist vers une étagère identifiée « INSECTES ET AUTRES BESTIOLES ». Silvermist prit un livre et l'ouvrit. Le livre contenait deux chapitres sur la rare coccinelle blanche. Un autre livre en contenait trois. Le suivant était simplement intitulé *Gare à la Coccinelle blanche*.

Silvermist se mit à lire.

« Nous sommes entourés de charmes de bonne fortune et de sorts de malchance. Mais le sortilège le plus puissant est sans doute celui jeté par la coccinelle blanche. »

Silvermist paniqua. Le sortilège le plus puissant ? Elle sentit l'angoisse monter en elle.

— Fira, c'est le pire sort de tous. Qu'est-ce que je peux faire ? C'est sans espoir !

Fira s'approcha pour la rassurer :

— La situation n'est pas nécessairement désespérée ! Il y a plein d'autres livres.

Fira saisit un autre livre sur la tablette. Il était intitulé *Jamais de malchance, toujours de la chance.*

— Tu crois qu'on peut annuler le sortilège grâce à un charme de bonne fortune ? demanda Silvermist ?

Fira sourit à son amie :

— Il n'y a qu'une façon de le savoir !

Silvermist et Fira passèrent la nuit à lire. À l'aube, elles avaient dressé une liste qu'elles avaient titrée : « Choses à faire pour attirer la chance ».

Silvermist soupira :
— Tu crois vraiment que je pourrai me débarrasser de ce mauvais sort ?

—Mais oui ! Nous n'avons qu'à trouver le bon charme, répondit Fira.

Silvermist lut le premier charme de la liste :

« Sous une lune bleue, faites sept fois le tour de l'Arbre-aux-Dames, dans le sens contraire des aiguilles d'une montre. »

—Quand verrons-nous la prochaine lune bleue ? demanda-t-elle.

—L'an prochain, lui dit Fira.

Silvermist raya cette possibilité de la liste. Elle devait trouver une autre solution.

Bon, le deuxième : « Trouvez un trèfle à cinq feuilles. »

Silvermist pensa à tous les champs et toutes les clairières que contenait Pixie Hollow. Il devait bien y avoir un trèfle à cinq feuilles quelque part dans un de ceux-ci. Mais combien de temps lui faudrait-il pour passer au peigne fin toutes ces étendues ? Le tournoi avait lieu le lendemain. L'entreprise lui semblait trop risquée.

Elle lut le charme suivant sur la liste :

« Regardez un triple arc-en-ciel ».

C'était une magnifique journée ensoleillée. Silvermist avait donc peu de chances de voir un arc-en-ciel, encore moins un triple.

Elle lut le dernier :

« Trouvez une épingle et ramassez-la ».

— Ça me semble bien facile, dit Fira. Les fées Couturières utilisent des épingles à longueur de journée.

— C'est bien vrai, acquiesça Silvermist. Cherchons vite une fée Couturière.

— Et on lui demandera bêtement une épingle ?

Silvermist réfléchit un instant, puis secoua la tête :

— Ce ne serait pas tout à fait comme si on l'avait trouvée, non ?

— Et si on la suivait, proposa Fira, et qu'elle en échappait une, tu pourrais la ramasser !

Silvermist sourit :

— Et retrouver ma chance !

Les deux amies quittèrent la bibliothèque en trombe. Elles parcoururent le hall et la salle à manger. Mais il était encore tôt. Elles croisèrent bien peu de fées. Elles ne virent d'ailleurs aucune fée Couturière.

Elles volèrent jusqu'à l'étage où se trouvaient les chambres de la plupart des Couturières.

À ce moment même, Hem voleta dans le corridor. Silvermist fit un signe à Fira et montra du doigt l'autre fée. Les poches du tablier de couture d'Hem débordaient d'aiguilles et d'épingles.

—Il est grand temps de vérifier les toiles d'araignée, marmonna Hem. Elles doivent être prêtes et propres pour la robe de la reine.

—Elle se dirige vers la blanchisserie, chuchota Fira à l'oreille de Silvermist.

Hem vola à travers l'Arbre-aux-Dames en direction de l'étage du bas. Silvermist et Fira la suivirent en silence.

Rendue au sixième étage, Hem jeta un œil pardessus son épaule. En un éclair, Silvermist et Fira se cachèrent dans un placard. Hem souleva les épaules et poursuivit son chemin.

Au deuxième étage, Hem fit volte-face :

—Allô? demanda-t-elle. Il y a quelqu'un?

Silvermist et Fira se terrèrent dans un coin sombre. Elles retinrent leur souffle et attendirent. Après un moment, Silvermist étira le cou. Hem était partie.

La voie est libre, souffla Silvermist à Fira.

Elles volèrent à toute vitesse vers la blanchisserie. Seulement, Hem s'était arrêtée juste en passant la porte. Elles manquèrent de lui tomber dessus. Sans réfléchir, Silvermist et Fira sautèrent dans un panier de lessive.

— Lympia, as-tu entendu quelque chose ? demanda Hem à une fée Blanchisseuse.

— Hum ? murmura Lympia.

Elle ne lui prêtait aucune attention. Elle était occupée à laver les Feuilles qui servaient de linges dans une bassine.

—J'ai l'impression que quelqu'un me suit, dit Hem.

—Pourquoi quelqu'un te suivrait-il? demanda Lympia.

Elle tendit à Hem une pile de toiles d'araignée fraîchement lavées, soigneusement pliées.

Hem souleva les épaules.

Silvermist sortit la tête du panier de lessive. Au même moment, un monticule de robes sales dévala la chute à linge et atterrit sur sa tête.

—Oh! cria-t-elle, surprise.

—Là! Tu as entendu? demanda Hem.

Mais Lympia avait déjà repris son ouvrage et saupoudrait une nappe de soie d'araignée souillée de poussière de Fées.

Les bras chargés de toiles d'araignée, Hem quitta la pièce. Silvermist et Fira sortirent du panier, répandant les robes un peu partout sur leur passage.

—Oh-ho! dit Lympia alors que les deux fées volaient derrière Hem. Clochette devra vérifier ces chutes. Elles dispersent les vêtements de tous bords tous côtés!

Hem tourna au bout d'un corridor.

Silvermist et Fira tournèrent au bout du corridor.

Hem entra dans la cour.

Silvermist et Fira entrèrent dans la cour.

Hem volait de plus en plus vite. Elle échappa une toile d'araignée, mais ne s'en soucia pas. Elle n'arrêtait pas de regarder derrière elle d'un air inquiet.

Silvermist et Fira volaient aussi de plus en plus vite. Elles tentèrent d'éviter les fils de toile d'araignée qu'Hem laissait tomber dans son sillage. Silvermist guettait les épingles, espérant en voir tomber une. Mais, encore une fois, elle n'eut pas de chance.

Finalement, Hem arriva à la salle de couture. Elle claqua la porte derrière elle, droit au visage de Silvermist.

— Vite ! Passons par la fenêtre ! chuchota Fira.

Elles sortirent par l'une des fenêtres du hall. Elles se précipitèrent à l'extérieur de l'Arbre-aux-Dames et rentrèrent par une fenêtre de la salle de couture.

L'atelier bourdonnait d'activité. En un éclair, Silvermist et Fira se cachèrent derrière une

tapisserie murale. Elles étaient presque entière-
ment dissimulées. Seuls leurs petits pieds
dépassaient au bas de la tapisserie.

Silvermist jeta un coup d'œil par le côté. Un
groupe de fées Couturières était assis par terre
au milieu de la pièce. Elles triaient des épingles
en formant trois piles : les courtes, les plus
courtes et les plus courtes de toutes.

—Je ne peux pas tout bonnement en ramasser
une, chuchota Silvermist à Fira. Ce ne sera pas
comme si je l'avais trouvée.

L'instant d'après, elle aperçut un objet mince et
allongé sous une chaise d'osier dans un coin.
C'était une épingle ! Et elle l'avait trouvée !

Hem était occupée à enfiler une aiguille. Toutes
les autres s'affairaient à coudre et à trier. C'était
là l'occasion pour Silvermist. Elle se faufila
hors de sa cachette. Elle longea le mur.

Silencieusement... calmement..., elle se pencha pour ramasser l'épingle. Puis, elle se releva... et tomba nez à nez avec Hem.

—Ah, ha ! cria Hem !

Elle releva la tapisserie d'un coup, révélant la présence de Fira. Toutes les autres fées Couturières arrêtèrent de travailler et levèrent la tête, surprises.

—Je savais bien que quelque chose se tramait, ajouta Hem.

Fira s'avança au centre de la pièce :

—Nous ne tramons rien. Nous voulions simplement... euh... t'observer, Hem. Ton talent est si exceptionnel. Ça prend tout un doigté pour enfiler une aiguille de pin ! Je n'y arriverais jamais !

—Eh bien, répondit Hem, un peu plus détendue et, ma foi, un peu flattée. Tu peux venir nous voir quand tu veux, Fira.

—Vraiment? Nous pouvons venir vous voir n'importe quand? demanda Silvermist, rieuse.

—Nous sommes vraiment occupées à préparer le tournoi de demain, répondit Hem.

Elle dévisagea Silvermist, l'œil inquiet:

—D'ailleurs, ici, nous essayons le plus possible d'éviter les accidents. Tu sais, avec toutes ces aiguilles et ces épingles pointues, on ne sait jamais.

Silvermist comprit tout de suite. Hem, tout comme Dulcie, n'aimait pas savoir Silvermist près de son aire de travail. Silvermist tourna les talons pour quitter la pièce.

—Attends une minute, dit Hem. Qu'est-ce que tu tiens dans ta main ?

—Euh... c'est... c'est... hésita Silvermist. C'est une épingle, ajouta-t-elle en ouvrant la main. Pour la chance.

Hem lui sourit tristement :

—J'aurais bien voulu t'aider, Silvermist. Mais nous avons besoin de toutes nos épingles pour faire notre travail.

Silvermist hocha la tête. Elle s'avança vers le groupe de fées qui triait les épingles. Elle déposa la sienne sur la pile d'épingles plus courtes.

—C'est une des plus courtes de toutes, lui dit Hem.

—Oh ! dit Silvermist en se penchant pour la récupérer.

—Non ! Je vais le faire ! cria Hem.

Elle plongea. Surprise, Silvermist sursauta et fonça dans les piles d'épingles. Les courtes, les plus courtes et les plus courtes de toutes volèrent dans toutes les directions. Elles roulèrent sous les chaises, dans les fentes du plancher et sous la porte.

Silvermist se leva d'un bond.

Ne vous inquiétez pas ! Je vais les ramasser ! cria-t-elle.

Non, ça va, Silvermist ! dit Hem. Nous allons le faire.

Silvermist recula lentement vers la porte. Une fois dans le corridor, elle sourit faiblement à Fira.

Une autre belle catastrophe, dit-elle, dépitée.

8

Fira entraîna Silvermit à l'extérieur.

—Tant pis pour l'épingle ! dit Fira. Notre liste de bonne fortune contient bien d'autres éléments.

Fira saisit le papier et lut :

« À la nuit tombée, repérez dans le ciel la constellation du Cercle. L'étoile située en plein centre cligne une fois chaque soir. Au moment où vous la voyez cligner, faites un vœu de bonne chance. »

—Le soleil ne se couche pas avant plusieurs heures, dit Silvermist. Il y a autre chose ?

« Trouvez une plume de cygne. »

—Hum... réfléchit Silvermist à voix haute. Nous devrons d'abord trouver un cygne. Je me souviens avoir vu un couple de cygnes voguer sur le ruisseau Havendish. Tentons notre chance ! ajouta-t-elle, les ailes frémissantes.

Nombre de fées et d'hommes-hirondelles étaient déjà au ruisseau Havendish. Certains lavaient leurs ailes. D'autres cueillaient des fleurs sur la berge. Seulement, dès qu'ils aperçurent Silvermist, ils s'envolèrent un à un.

—Au moins, comme ça, rien ne nous bloquera la vue du ruisseau, dit Silvermist. Elle essayait toujours de voir le bon côté des choses.

Le miroitement de l'eau et le bruit des vagues firent beaucoup de bien à Silvermist. Elle vola toute la longueur du ruisseau, mais ne vit aucun cygne.

Elle soupira.

— Les cygnes sont sans doute partis. Nous devrons chercher ailleurs. Peut-être même en dehors de Pixie Hollow, dit-elle en regardant Fira. Ça pourrait être long. Est-ce que tu es tout de même d'accord ?

Fira acquiesça.

— Je dois être de retour au crépuscule. Les fées Lumineuses répètent une danse au clair de lune, ce soir. Je suis certaine que nous trouverons rapidement un grand cygne.

Les deux fées prirent leur envol. Silvermist espérait bien que la magie du Pays Imaginaire s'opérerait en sa faveur. Le vent les guiderait peut-être dans la bonne direction. Ou encore l'île rapetisserait peut-être pour leur éviter de voler trop loin.

Malheureusement, au contraire, l'île semblait s'être élargie. Leur parcours leur paraissait de plus en plus long. Il leur fallut des heures seulement pour atteindre l'étang des Goélands, qui se trouve juste en dehors de Pixie Hollow.

Partout autour de l'étang, des goélands virevoltaient. Mais aucun cygne en vue.

Silvermist et Fira s'éloignèrent encore davantage de Pixie Hollow et volèrent jusqu'à la rivière Wough. La rivière était large. L'eau était haute et bruyante. Elles volèrent au-dessus à plusieurs reprises. Silvermist aurait juré que la rivière s'élargissait à chacun de leurs passages.

Non, le Pays Imaginaire ne leur était d'aucun secours. Clairement, la chance n'était pas de son côté.

Pas de cygne ici non plus, dit Silvermist en soupirant.

Elles arrivèrent finalement au lac Crescent. Elles mangèrent quelques petits fruits et burent de l'eau à même les feuilles.

Fira jeta un œil au soleil.

—Il se fait tard. Si nous ne voyons pas un cygne bientôt, nous devrons rentrer.

—Regarde! cria Silvermist. Il y en a deux juste là, dit-elle en pointant le ciel.

Les cygnes volèrent près d'un nid érigé sur la rive.

—Viens! dit Fira en traînant Silvermist par la main. Allons voir!

Les fées atterrirent dans le nid fait d'herbe et de branches. Elles volèrent d'un bout à l'autre, cherchant une plume.

—Aucune, dit Silvermist en secouant la tête. Il n'y en a pas une ici.

—Ce n'est pas grave, dit Fira. Nous allons suivre les cygnes comme nous avons suivi Hem. Ils vont bien perdre au moins une plume en chemin!

Silvermist prit son élan pour suivre Fira, mais quelque chose la retint par derrière. Elle se retourna et vit que sa robe était coincée dans une branche. Elle se tortilla pour tenter de se déprendre. Mais le tissu était vraiment bien pris. Quelle malchance !

Elle entendit un battement d'aile derrière elle.

— Fira ! cria-t-elle. Approche-toi et...

Silvermist se retourna, croyant apercevoir Fira juste à côté. Mais elle se trouva plutôt confrontée à l'œil rageur d'un énorme cygne noir.

— Oh ! s'écria Silvermist, le cœur battant.

Le cygne la fixait. Son bec était tout près de son visage. Visiblement, le grand oiseau n'était pas content de trouver une petite fée dans son nid.

« Calme-toi, se dit Silvermist. Les cygnes sont de belles et gentilles créatures. »

Ce cygne était pourtant gigantesque et surtout menaçant. Le cœur de Silvermist battait maintenant à tout rompre. Elle saisit sa robe et tira de toutes ses forces.

«Crric!» La robe de Silvermist se déchira lorsqu'elle se déprit.

L'instant d'après, Silvermist et Fira se cachèrent derrière un arbre, à l'abri du cygne. Silvermist inspira profondément:

Il était moins une!

Le cygne avait rejoint son camarade dans le ciel. Les deux volaient maintenant paresseusement au-dessus du lac. Vus de loin, ils semblaient aimables et majestueux.

— Devrions-nous les suivre? demanda Fira.

Silvermist secoua la tête. Elle en avait assez, des cygnes. Du moins pour aujourd'hui. De toute façon, le soleil tendait vers la fin de sa course dans le ciel. Elles avaient manqué le lunch et le dîner.

—Je crois que nous devrions rentrer, dit-elle à Fira. Il se fait tard.

—Oui, tu as raison, dit Fira. Je suis fatiguée.

—Moi aussi, admit Silvermist.

Leur réserve de poussière de Fées s'amenuisait. Ses ailes étaient lourdes et elles devaient tout de même rentrer à la maison. « Je ne peux pas demander à Fira de continuer à chercher », pensa Silvermist.

Sur le chemin du retour vers Pixie Hollow, le soleil disparut derrière les arbres. Fira essaya de scintiller avec plus d'intensité. Mais les fées ne voyaient pas très bien.

—C'est par ici, tu crois ? demanda Silvermist.

Elle plongea dans un petit buisson.

Fira s'efforça de briller encore davantage. Elle plissa les yeux pour mieux voir.

—Non ! dit-elle. Ça, c'est...

Silvermist s'extirpa des ronces. Ses bras étaient tout égratignés.

—Je sais, je sais. Ça, c'est le buisson d'herbe à puce que nous avons vu tout à l'heure.

Silvermist était fatiguée et inconfortable. Sa robe était sale et déchirée. Elle garda le silence pour tout le reste du trajet.

« Est-ce que je serai malchanceuse à jamais ? se demanda-t-elle. Et si le sort empirait ? »

Elle ne savait pas du tout ce qui l'attendait. Elle voulait plus que tout redevenir la Silvermist calme et sûre d'elle sur laquelle chacun pouvait compter. Mais comment cela était-il possible alors qu'elle était sous l'emprise d'un sortilège ?

Dès leur arrivée à l'entrée de l'Arbre-aux-Dames, Silvermist fit un câlin à Fira.

— Au moins, nous sommes de retour à temps pour ta répétition, dit-elle à son amie. Et maintenant que je sais où sont les cygnes, je pourrai m'y rendre au matin pour trouver une plume. Évidemment, ajouta-t-elle, la prochaine fois, je ne m'approcherai pas si près !

« Voilà ! » pensa Silvermist. L'idée seule d'avoir un plan lui redonna espoir.

— Des plumes de cygne ? demanda Beck.

Celle-ci entrait dans l'Arbre-aux-Dames alors que Fira s'en allait. Elle s'arrêta près de Silvermist :

—J'ai bien peur que tu n'aies pas de chance ! Ce n'est pas la saison de la mue. Les cygnes ne perdront pas leurs plumes avant des mois !

« Nous nous sommes donné tout ce mal pour rien ! » pensa Silvermist. Elle se retrouvait maintenant sans aucune solution. Et si cette malédiction pesait sur elle à jamais ?

Fira était partie à sa répétition. Beck s'en était retournée dans sa chambre. Tout était bien calme à Pixie Hollow. Silvermist s'était arrêtée près de l'Arbre-aux-Dames, ne sachant pas trop quoi faire.

Si elle allait se coucher, tomberait-elle de son lit en se brisant une aile ? Si elle se rendait à la laiterie, ferait-elle tourner le lait ? Si elle visitait le moulin à poussière de Fées, la poussière s'envolerait-elle toute dans le vent ?

Les catastrophes la suivraient-elles partout où elle irait ?

Le tournoi de balle aquatique avait lieu de bonne heure le lendemain matin. Si elle voulait y participer, en fait, si elle voulait mettre fin à cette série de malchances, elle devait continuer à chercher une solution. Elle devait trouver sa chance.

Elle se gratta un coude, puis l'autre. Puis, elle regarda le ciel étoilé.

« Le ciel étoilé ! » pensa-t-elle. Elle pourrait repérer la constellation du Cercle.

Lentement, mais sûrement, elle se rendit sur la plage du Pays Imaginaire. C'est à cet endroit qu'elle aurait la meilleure vue sur les étoiles et elle y entendrait en plus le bruit apaisant des vagues.

Silvermist frissonna. L'air de la nuit était frais. Elle dénicha une feuille et s'en enveloppa. Elle s'installa près d'un rocher et leva les yeux au ciel.

Des milliers de points brillants illuminaient le soir. Silvermist n'avait jamais vraiment regardé les étoiles. Elle voyait maintenant clairement que celles-ci se regroupaient en certains motifs qui s'apparentaient presque à des images.

«Ont-elles vraiment toujours cet aspect?» se demanda-t-elle. Quelque chose lui semblait différent. Elle s'aperçut que les constellations changeaient de forme.

Elle pensait observer la constellation du Cercle, mais celle-ci se muta en un carré. Une forme de flèche devint un serpent, alors qu'une feuille se transforma en plume.

Les étoiles étaient-elles toujours comme ça?

Ses yeux lui jouaient peut-être des tours. À moins que ce ne soit encore qu'une malchance. Les étoiles se moquaient-elles d'elle, un peu comme la rivière Wough qui s'était élargie alors qu'elle tentait de la traverser ?

Silvermist était maintenant plus déterminée que jamais. Elle attendrait que les étoiles se lassent de leur petit jeu. Elle serait patiente. Elle en était bien capable.

Les minutes filèrent. Silvermist continuait de fixer le ciel. L'effort lui faisait mal aux yeux. Elle ne voulait pas fermer l'œil, ne serait-ce qu'une seconde, de peur de manquer le clignement de l'étoile. Elle attendait.

Soudainement, les étoiles se figèrent. Silvermist se leva d'un bond. Là, à sa gauche, se trouvait la constellation du Cercle. Elle en était sûre. Tout au centre se trouvait une étoile, celle qui devait cligner.

Silvermist retint son souffle. Était-ce sur le point d'arriver ?

Oui ! L'étoile cligna une fois, s'éteignit, puis se ralluma. Elle ferma les yeux et fit son vœu : « Je souhaite que cesse ma malchance. »

Elle ouvrit les yeux et soupira de soulagement. Elle avait réussi. Elle avait contré la malédiction.

Les étoiles reprirent leur drôle de danse. Elles flottèrent près du sol, puis s'approchèrent davantage.

En un éclair, Silvermist comprit. Les points lumineux n'étaient pas des étoiles. Ce n'étaient que les fées Lumineuses répétant leur chorégraphie.

Je m'y suis bien fait prendre.

Silvermist ferma les yeux et visualisa les formes changeantes.

C'est que je voulais tellement y croire…

Sa voix s'éteignit. Elle n'avait pas la force de finir sa phrase. Une larme coula sur sa joue, puis une autre et encore une autre. Silvermist pleura de plus en plus fort.

Silvermist, cette fée Aquatique qui ne pleurait jamais, était maintenant en sanglots.

Silvermist passa la nuit seule sur la plage. Elle avait peur de retourner à sa chambre. Tous ces nuages dans le ciel pouvaient être le présage d'un orage. Elle ne voulait pas attirer la tempête vers l'Arbre-aux-Dames.

Au moins, si quelque chose arrivait ici sur la plage, elle serait la seule à être en danger.

Elle sombra dans un sommeil agité. Elle voulait se lever tôt pour se mettre en quête d'un autre charme de bonne fortune. Même si la tâche lui semblait impossible, elle voulait persévérer. Ce n'est qu'après le lever du soleil que son sommeil s'approfondit. Elle était si fatiguée d'avoir volé et cherché qu'elle ne se réveilla qu'au son d'une voix qui s'éleva tout près :

—Bonjour, ma chérie.

Silvermist ouvrit les yeux. Vidia était assise à côté d'elle sur le sable.

—On dirait bien que tu fais la grasse matinée, enchaîna Vidia. C'est une chance que j'aie moi-même entrepris de te réveiller. Je ne voudrais jamais te voir manquer un événement aussi important que le tournoi de balle aquatique.

Silvermist se releva. Elle se frotta les yeux.

—Le tournoi commence dans dix minutes, mon cœur. Tout le monde t'y attend, dit Vidia.

—Je ne pense pas que personne veuille m'y voir. Les fées s'enfuient quand elles me voient approcher, maintenant.

—Peut-être bien. Mais qui pourrait leur en vouloir ?

Vidia fit une pause.

—Seulement, au déjeuner, Reine Clarion a annoncé que le tournoi devait se dérouler comme prévu, ta présence incluse, ma chérie. Il semblerait bien qu'elle veuille que la vie à Pixie Hollow suive son cours, comme si de rien n'était.

Silvermist inspira profondément. Si Reine Clarion voulait qu'elle y soit, elle y serait. De toute façon, elle avait dit à tout le monde qu'elle serait du tournoi. Elle ne manquait jamais à ses promesses.

—Je suis prête, dit-elle.

—Tant mieux.

Vidia secoua le sable collé à ses pantalons.

—Voilà un événement que je ne manquerais pour rien au monde.

10

Au moment où Silvermist arriva sur les lieux du tournoi, tout était déjà en place. Hem et ses comparses Couturières avaient conçu une nouvelle robe magnifique pour Reine Clarion. Les fées Organisatrices-de-fêtes avaient délicatement placé la cible de toile d'araignée à l'extrémité du terrain. Nombre de fées, tous talents confondus, étaient venues assister à l'événement.

Reine Clarion était assise sur un grand tapis coloré, placé près des buts. Les fées et hommes-hirondelles fourmillaient tout autour, discutant et riant.

Au passage de Silvermist, Hem retint son souffle.

—Elle est ici, souffla-t-elle à une autre Couturière. Tiens bien tes épingles !

On vit des têtes se retourner. On entendit des ailes frémir. Une à une, les fées s'éloignèrent de Silvermist.

Seule Fira s'approcha de son amie :

—Ça va bien aller, la rassura-t-elle. Ta chance va peut-être tourner.

—Je ne crois pas, répondit Silvermist.

En route pour le tournoi, elle avait pris un gâteau qui restait dans la salle à manger. Avant d'avoir pu prendre une bouchée, elle l'avait échappé dans un amas de boue.

—Fées et hommes-hirondelles! dit Reine Clarion en tapant dans ses mains.

La foule se tut.

—Fées Aquatiques, à vos places derrière la ligne. Tous les autres, assoyez-vous. Le tournoi va bientôt commencer! annonça-t-elle.

Fira s'empressa d'aller rejoindre les autres fées Lumineuses. Silvermist s'avança lentement vers les fées Aquatiques, qui se plaçaient en rang. Peut-être passerait-elle inaperçue si elle restait derrière?

Reine Clarion rappela les règles:

—Chacune des fées Aquatiques aura droit à cinq lancers pour atteindre la cible. Celles qui réussissent le mieux passeront au prochain tour.

Rani se tenait derrière la ligne tracée sur le sol. Elle n'avait d'yeux que pour la cible de toile d'araignée et la fixait en plein centre. Puis, elle plongea la main dans une chaudière d'eau. Elle forma le liquide en une boule bien lisse. Elle arqua le bras et lança la balle d'eau sur la cible.

La balle atteignit la cible, tout près du centre. La foule applaudit.

Les fées Aquatiques tentèrent leur chance, l'une après l'autre, jusqu'à ce qu'il ne reste que Silvermist.

Celle-ci s'avança, hésitante. Elle prit une poignée d'eau, puis lança un regard à Vidia. Silvermist se redressa et lança la balle.

La balle d'eau fila dans les airs. Elle monta haut, haut, haut, puis retomba.

Silvermist retint son souffle. La balle d'eau glissait vers la cible. Elle filait droit vers elle. Elle allait y arriver...

La balle d'eau tomba droit sur le visage de Reine Clarion.

Tout le monde sursauta. Reine Clarion était trempée de la tête aux pieds. Ses cheveux et sa robe dégouttaient. Une petite mare se formait à ses pieds. Des fées Soigneuses accoururent avec des serviettes de mousse.

Silvermist n'osait pas lever les yeux. Qu'avait-elle fait? Et que ferait la reine?

Au grand étonnement de Silvermist, Reine Clarion... éclata de rire!

—Voilà qui rafraîchit! dit la reine.

Elle secoua ses cheveux. De petites gouttelettes volèrent dans tout les sens, éclaboussant les fées qui étaient tout près.

La reine rit de plus en plus fort. Puis, Prilla tapa des mains et se mit à rigoler. Clochette se mit à rire aussi. Le fou rire se répandit. Tout le monde riait, sauf Silvermist.

Reine Clarion retira une de ses chaussures et la vira à l'envers. Une cascade d'eau en tomba.

Silvermist se joignit finalement à l'hilarité générale. Et plus elle riait, plus elle avait envie de rire. Reine Clarion qui fait tomber de l'eau de sa chaussure ! Tout de même !

— Ha ! ha !

Silvermist riait si fort qu'elle en avait mal au ventre. Elle se plia en deux, se tenant les côtes.

C'est là qu'elle vit un trèfle à cinq feuilles. Un trèfle chanceux !

— Rosetta ! cria Silvermist ! Viens voir ça ! Fira ! Clochette ! Venez tous !

Les fées s'agglutinèrent autour de Silvermist. Le trèfle était magnifique. Mince, mais solide.

Silvermist aussi se sentait soudain devenir plus forte. Elle avait enfin trouvé son gage de bonne fortune !

—Est-ce que je peux le cueillir ? demanda-t-elle.

Iris s'approcha, son livre sur les plantes déjà ouvert.

« Les trèfles à cinq feuilles sont supposés être cueillis, lut-elle à voix haute. Leur pouvoir magique les maintient en vie à jamais. »

—Non seulement sont-ils magiques, mais ils sont aussi chanceux, ajouta Fira.

Délicatement, Silvermist cueillit le trèfle. Elle le tint dans sa main et l'examina de plus près.

—Ce n'est pas le temps de jouer dans les fleurs, dit Vidia en bâillant. C'est toujours ton tour, Silvermist.

Le tournoi! Silvermist avait complètement oublié. Elle inséra le trèfle derrière son oreille.

—Ne t'énerve pas, ma chérie, cria Vidia depuis la branche où elle était assise.

Elle ajouta, d'une voix sirupeuse :

—Trouver un trèfle, c'est très bien. Mais comment cela peut-il contrer un si puissant sortilège?

Silvermist regarda attentivement Vidia. « Être énervée, se dit-elle. C'est exactement ce que

Vidia attend de moi. Depuis que Vidia est tombée à l'eau, elle veut se venger. À chaque occasion, elle a voulu me faire perdre mes moyens. »

Était-ce donc cela ? Les accidents étaient-ils vraiment liés à un sort ou de la malchance ? Silvermist avait-elle fait ces erreurs juste parce qu'elle était décontenancée et qu'elle doutait d'elle-même ?

« Aucune idée ! » pensa-t-elle. Mais quelle différence cela faisait-il ?

Pour la première fois depuis longtemps, Silvermist avait les idées claires. C'est à ce moment que quelque chose d'autre lui vint à l'esprit : le coquillage qu'elle avait perdu, celui qu'elle croyait avoir laissé tomber par un trou dans sa robe.

Tout était clair, maintenant. Elle se souvint l'avoir mis dans un pli à sa taille. Elle glissa la main dans ce pli. Il était bien là, son coquillage si spécial !

—Prends ton temps, Silvermist, dit Vidia, la main dans ses cheveux. Ce n'est pas comme si on attendait après toi.

—Je réfléchissais, dit Silvermist, de son habituel ton calme et posé. Et, maintenant, avant de lancer la balle, j'aimerais dire quelque chose.

Les fées et les hommes-hirondelles la regardaient fixement.

—Je ne sais pas si j'ai vraiment été frappée de malchance ou si j'ai simplement connu quelques jours difficiles. Je ne suis pas sûre du tout de croire à ces vieilles superstitions. Mais il y a une chose dont je suis certaine. Si vous croyez que vous êtes malchanceux, vous serez malchanceux.

Voilà pourquoi Silvermist n'accordait aucune importance au fait que le sort soit réel ou non.

Silvermist tourna les talons et quitta le tournoi. Pour elle, gagner ou perdre ne comptait plus et elle n'avait rien à prouver à qui que ce soit.

— Pauvre petite Silvermist, dit Vidia. Elle ne peut pas continuer. Elle a perdu tout son courage.

« Hum, pensa Silvermist, après tout, j'ai peut-être quelque chose à prouver à une certaine fée Véloce. »

Elle se tourna dos à la cible. Elle lança une balle d'eau par-dessus son épaule. Celle-ci fila dans l'air. Silvermist l'entendit frapper et éclabousser. Tout autour, les fées et les hommes-hirondelles furent stupéfaits.

— En plein dans le mille ! cria Fira.

Silvermist sourit. Était-ce un coup de chance ? Elle ne le savait pas. Et elle n'en avait rien à faire.